I0646782

Դժոխք

72 Արվեստի Գործերից Կազմված Հավաքածու

Դինո Դի Դուրանտե

ԴԺՈԽՔ
Արվեստի Գործերի Հավաքածու

Դինո Դի Դուրանտե

Հեղինակային իրավունք © 2014 «Դիվայն Քվեստ» ՍՊԸ

Բոլոր իրավունքները պաշտպանված են Համաամերիկյան և Միջազգային Հեղինակային իրավունքի Կոնվենցիաներով և օրենքներով

Առաջին հրատարակություն
10 9 8 7 6 5 4 3 2 1

ԱՄՆ Կոնգրեսի գրադարան VAu 1-189-270
ISBN-10: 1628790369
ISBN-13: 978-1-62879-036-8

Այս հրատարակության և ոչ մի մասը չի կարող վերարտադրվել, պահվել որոնման համակարգում կամ փոխանցվել որևէ եղանակով՝ էլեկտրոնային, մեխանիկական, ձայնագրման, լուսապատճենահանման կամ այլ ձևով՝ առանց նախնական գրավոր թույլտվության:

Գրքերի մեծածախ գնման համար, խնդրում ենք դիմել՝

Gotimna Publications, LLC
www.GotimnaPublications.com

Գոտիմնա հրատարակչություն, ՍՊԸ

Epic Art Collections, LLC
www.EpicArtCollections.com

Այս աշխատանքը նվիրում եմ
Դանթե Ալիգիերիին,
իմ կյանքի ուսուցիչներին

և

իմ սիրելի Լուսիային՝
իմ կյանքի «Լույսին»,
ում անմահացրել եմ
Բեատրիչեի կերպարում:

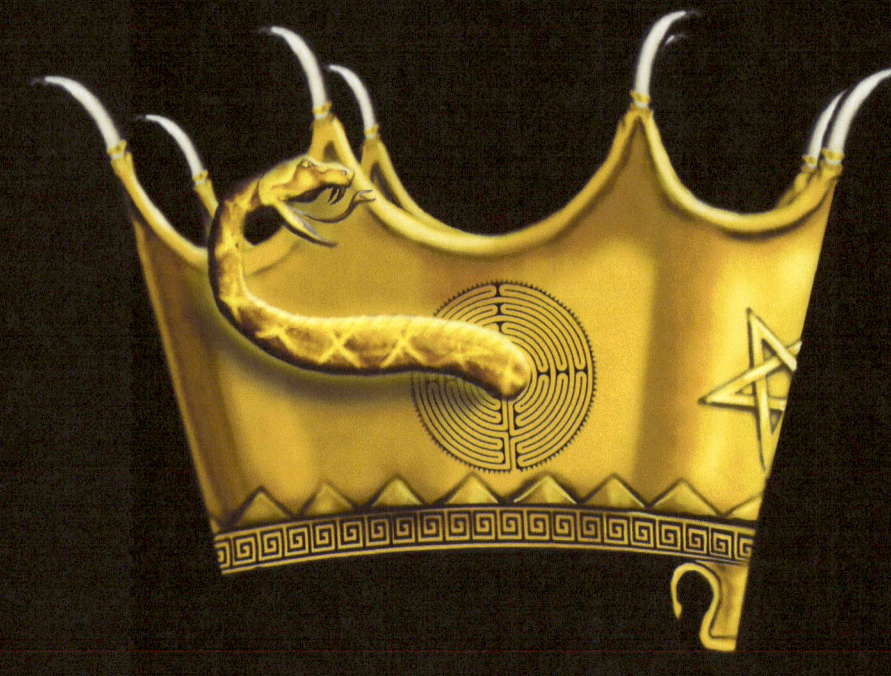

Վերջնական վճիռ

Նախաբան

Դանթե Ալիգիերին իր գլուխգործոցը՝ «Աստվածային կատակերգությունը», գրել է 1302-1321թթ.: Դրանից հետո՝ վերջին յոթ դարերի ընթացքում, բազմաթիվ նկարիչներ են փորձել պատկերավոր կերպով այն մեկնաբանել նկարների և գեղանկարների միջոցով: Նրանց թվում էին Սանդրո Բոտիչելլին, Ուիլիամ Բլեյքը, Ջիովաննի Ստրադանոն, Գուստավ Դորը, ինչպես նաև Մեծն Սալվադոր Դալին: Գուստավ Դորի աշխատանքն ամենահայտնին է, որ առաջին անգամ հրատարակվել է 1861թ.-ին, իսկ մեկ դար անց Սալվադոր Դալին ներկայացրեց իր մեկնաբանությունը աբստրակտ նկարների միջոցով: Այդուամենայնիվ, ըստ իտալացի դանթեագետների՝ միայն մեկ նկարիչ՝ Սանդրո Բոտիչելլին է այն ճիշտ մեկնաբանել 1480-ականներին: Այժմ ժամանակակից նկարիչը կրկին ընդունել է մարտահրավերը…

Դինո Դի Դուրանտեն նկարիչ է, ով հանձն է առել կտավի վրա կյանքի կոչել Դանթեի «Դժոխքը»: Նա խնդիր է դրել ոչ միայն ճշգրտորեն մեկնաբանել Դանթե Ալիգիերիի «Դժոխք» գլուխգործոցը այլև կրթել և ազդեցություն թողնել նրանց վրա, ովքեր ծանոթ չեն «Աստվածային կատակերգությանը»: Այն, ինչ մենք կտեսնենք, ո չ Դորի սև ու սպիտակ փիմագրություններն են, ո չ Սալվադոր Դալիի ավելի ուշ նկարած աբստրակտ նկարները: Փոխարենը, Դուրանտեն առաջարկում է հարուստ, գունագեղ և զգուշորեն մշակված այնպիսի նկարներ, ինչպիսիք դուք դեռ չեք տեսել: Նա «Դժոխքի» խորը մեկնաբանություններով գերազանցում է մնացած բոլորին, ովքեր երբևէ փորձել են պատկերել այն, ինչ յոթ դար առաջ Դանթեն ասել է բառերով:

Դինո Դի Դուրանտէի պատկերային ճանապարհորդությունը դեպի Դանթեի «Դժոխք» սկսվեց 2007 թ.-ին՝ գրաֆիկական վեպ ստեղծելու գաղափարի հետ միասին, որը, վերջիվերջո, ծնունդ տվեց այս գրքին, որն էլ ավարտվեց 2014 թ.-ին: Երկար և դժվարին աշխատանքի պատճառն այն է, որ Դի Դուրանտեն նկարիչ և գեղարվեստական ղեկավար է, ով պահանջում է նվիրվածություն, ոճի զգացում և ու շադրություն մանրուքների նկատմամբ: Արվեստի գործերի այս հարուստ հավաքածուի մի մասը ցուցադրվել է «Դանթեի Դժոխքը» անիմացիոն ֆիլմում և վերջինիս իտալերեն տարբերակում «Inferno Dantesco Animato»: Նրա 72 կտորից բաղկացած բացառիկ արվեստի գործերի հավաքածուն օգտագործվել է «Դժոխքը ըստ Դանթեի» (“Inferno by Dante”) ֆիլմում, որին մասնակցել են ավելի քան 30 հայտնի դերասաններ, պրոֆեսորներ և դանթեագետներ՝ ԱՄՆ-ից, Իտալիայից և Վատիկանից:

Դի Դուրանտեն իր նկարներով ոգեշնչել է, որպեսզի Դանթեի էպիկական պոեմը կենդանություն ստանա այս ֆիլմերում: Դիտողները Դանթեի և Վիրգիլիոսի հետ միասին անցնում են Դժոխքի տարբեր շրջանների միջով և դառնում մեղսագործների պատժի մանրամասն նկարագրության ականատեսը: Առաջ շարժվելով անիմացիոն հերոսների հետ՝ մենք ճանապարհ ենք ընկնում հավերժ անիծվածների մի աշխարհ: Դի Դուրանտեի արվեստի գործերը, որոնք օգտագործվել են վերոնշյալ ֆիլմերում, այժմ կարելի է գտնել այս գրքում:

Դինո Դի Դուրանտեն մեծ ջանք է ներդրել Դանթե Ալիգիերիի «Աստվածային կատակերգություն» գլուխգործոցի առաջին մասը կյանքի կոչելու մեջ: Անժխտելիորեն կարելի է ասել, որ գիրքը, որն այժմ Ձեր ձեռքերում է, ստեղծված է սիրով:

Թերթե՛ք և վայելե՛ք:

Արմանդ Մաստրոիանի
Ֆիլմերի ռեժիսոր/Պրոդյուսեր

Dino Di Durante

Նախաբան

Ես 6 տարեկան էի, երբ սկսեցի նկարել ջրաներկով, բայց շատ շուտով սկսեցի օգտագործել տեմպերա. ինձ դուր էր գալիս, որ այս ներկի շնորհիվ կարող եմ ավելի շատ վերահսկել նկարածս: Ես նկարում էի Դիսնեի հերոսներին փայտի վրա, քանի որ դա անվճար էր: Մի քանի տարի հետո դադարեցի նկարել և սկսեցի զբաղվել երաժշտական լուսանկարչությամբ: Քոլեջից հետո նորից ձեռքս վերցրի վրձինը՝ այս անգամ օգտագործելով ակրիլային ներկեր կտավի վրա և անցա ազատ ոճի նկարչության, որը նաև հայտնի է «աբստրակտ նկարչություն» անունով:

«Աստվածային կատակերգությունը» մի գիրք էր, որի մասին իմ ընտանիքում հաճախ էին խոսում ու քննարկում: Ես սպասեցի, մինչև հնարավորություն ունենամ այն «ուսումնասիրել» քոլեջում, երբ ճարտարագիտություն էի ուսանում Կալիֆորնիայի Համալսարանում, Լոս Անջելես (UCLA): Ես ավարտեցի գիտության ոլորտում մասնագիտացմամբ, ինչպես նաև իտալական գրականության մասին որոշակի գիտելիքներով: Սակայն երբ ժամանեցի Կալիֆորնիայի համալսարան, ճարտարագիտության դասընթացներին մասնակցելու փոխարեն գնացի գրականության դասընթացի, որպեսզի կարողանամ ուսումնասիրել «Աստվածային կատակերգությունը», որից հետո նաև Դանթեի այլ ստեղծագործությունները: Սա քոլեջում ունեցած ամենահաճելի փորձառությունն էր: «Աստվածային կատակերգությունը» փոխեց իմ կյանքը շատ առումներով: Ես բոլորովին հիացած էի, թե ինչպես Դանթեն ինձ ցույց տվեց անդրշիրիմյան կյանքը: Մինչդեռ ինձ համար շատ դժվար էր պատմությունը վիզուալ դարձնել՝ հետևելով Գուստավ Դորի պատկերազարդումներին, քանի որ երբեմն դրանք շփոթեցնող էին: Սակայն ես գրադարանում ուրիշ ոչինչ չէի գտնում, իսկ համացանցը դեռ գոյություն չուներ:

Այսպիսով, տարիներ անց ես սկսեցի ստեղծել մի գրաֆիկական շարք՝ նվիրված Դանթեի «Դժոխքին»: Այս ընթացքում ես նաև հնարավորություն ունեցա մասնակցելու նույն թեմայով ֆիլմի աշխատանքներին՝ «Դժոխքը ըստ Դանթեի» (Inferno by Dante): Ուսումնասիրություններ կատարելիս ես հասկացա, որ բավարար քանակությամբ տեսողական արվեստի գործեր չկան ֆիլմը պատշաճ կերպով նկարահանելու համար: Այսպիսով, որոշեցի փոխել աշխատանքիս ուղղությունը, դադարեցրի ամսագրային շարքի վրա աշխատանքը և սկսեցի մի նոր ճամփորդություն դեպի «Դժոխք»՝ անցնելով մի շրջանից մյուսը՝ սկզբից (Մութ անտառը) մինչև վերջ (Քավարանի աստղերը):

Սանդրո Բոտիչելլին, ով 1480-ականներին գրեթե կատարելապես մեկնաբանել էր «Աստվածային կատակերգությունը», դարձավ իմ առաջնորդը այս գործում, այն բանից հետո, երբ դանթեագետ Ռիկարդո Պրատեսին որոշակի դիտողություններ ներկայացրեց իմ աշխատանքում առկա անճշտությունների վերաբերյալ: Նա իմ ուշադրությանը ներկայացրեց մի քանի սխալներ, որոնք ես պետք է ուղղեի, եթե ցանկանում էի և՛ ֆիլմում, և՛ նկարներում ճշգրիտ մեկնաբանել Դանթեի Դժոխքը: Այսպիսով, երբ Ռիկարդոն՝ որպես խորհրդական, իր օգնությունն առաջարկեց, ես ուրախությամբ ընդունեցի այն. սա հնարավորություն էր մի մարդու կողմից, ով Դանթեին սիրում էր այնքան, որքան ես: Մինչ նա կդառնար իմ թիմի անդամ, ես արդեն աշխատում էի Ավետիք Բալայանի հետ, ով օգնում էր ինձ ներկայացնել տեսարաններն այնպես, որ աշխարհը տեսնի արվեստի գործերի մի այնպիսի հավաքածու, ինչպիսին երբեք չի տեսել: Բոլոր մանրամասները, հարուստ գույները, ճշգրիտ մեկնաբանություններն իրականացվել են ի շնորհիվ երկուսի՝ Ռիկարդոյի և Ավետիքի, ինչպես նաև Սանդրո Բոտիչելլիի էսքիզների և գեղանկարների:

DINO DI DURANTE

Երախտագիտություն

Այնքան շատ մարդիկ կան, ում երախտապարտ եմ, որ այս էջը չի բավականացնի, ոչ միայն չափերով, այլև բառերով:

Առաջին հերթին շնորհակալ եմ Աստծուն այս հիանալի առաքելության համար. Ներկայացնել Աստվածային կատակերգությունը ամբողջ աշխարհին:

Դանթե Ալիգիերիին, ով բացեց աչքերս ու ցույց տվեց Իրական աշխարհը և ինքս ինձ և իմ առաքելությունը գտնելու ուղին:

Իմ սիրելի Լուսիային, ում ես ոչ միայն նվիրում եմ իմ ամբողջ գիրքը, այլև ում շնորհակալ եմ Իր անվերապահ սիրո և աջակցության համար, որ ինձ է տվել իր կյանքի ընթացքում:

Իմ մորը անվերապահ սիրո և աջակցության համար՝ սկսած իմ մանկությունից, երբ սկսեցի նկարել:

Կարլոսին, ով հարթեց իմ ճանապարհը, որպեսզի կարողանամ իրականացնել իմ առաքելությունը այս կյանքում:

Ռիկարդո Պրատեսիին, առանց ում Դանթեի Դժոխքի մակնաբանությունը այսչափ ճշգրիտ չէր լինի:

Իմ ընկեր և ֆիլմի ռեժիսոր Արմանդ Մաստրոիանիին, ով ոչ միայն օգնել է ինձ գրել նախաբանը, այլև միշտ պատրաստ է եղել խորհուրդով օգնել:

Պրոֆեսոր Մասսիմո Չավելլան, ով իմ գործի երկրպագուն է. նա միշտ Կալիֆորնիայի Համալսարանի Իտալիայի մասնաճյուղի դռները բաց է պահել իմ առջև: Ինչպես նաև իմ աշխատանքը Հռոմի Համալսարանում ներկայացնելու համար:

Պաբլո Ատչուգարիին, ով հավատում էր իմ ուժերին և ում՝ մեծ հեղինակություն ունեցող հիմնադրամի միջոցով ամառային հանգստավայր՝ Պունտա դել Եստեում՝ Ուրուգվայ, ես կարողացա ներկայացնել իմ Դժոխք արվեստի գործերից 50-ը 2011թթ.:

Իմ ընկեր Ջեֆֆ Քոնվեյին, ով քաջալերեց ինձ առաջ շարժվել չնայած երկար և դժվարին աշխատանքին:

Բոլոր մասնագետներին, ովքեր մասնակցել են գրքի ստեղծմանը և տեղեկացրել այլոց իմ այս աշխատանքի մասին:

Թարգմանիչ Անժելա Բաղդասարյանին, որ այս գիրքը թարգմանել է Հայերեն

ԵՎ վերջապես ոչ միայն աշխատակիցներին, այլև նրանց ովքեր դարձել են իմ ճամփորդության մասնիկը:

Dino Di Durante

Ներածություն

Դանթեի Դժոխքը արվեստի գործերի հավաքածուն առաջին անգամ ցուցադրվել է Պաբլո Ատչուգարի հիմնադրամի շնորհիվ՝ Պունտա դել Եստեում որպես ընթացքի մեջ գտնվող աշխատանք, հունվարի 12-ից փետրվարի 28 2011թ.։ Այդ ժամանակ հավաքածուն ավարտված չէր, և ներկայացված էին միայն 50 Արվեստի գործեր։

Մի քանի տարի անց ես հնարավորություն ունեցա ներկայացնել Գրեթե ավարտված հավաքածուն Քոմիկ Քոնում, Սան Դիեգոյում։ Ամբողջական Դանթեի դժոխքը հավաքածուն ավարտելու համար Գրեթե 7 տարի պահանջվեց՝ 2007 - 2014թթ.։ Ամեն գեղանկար ունի մոտ 50 տարբերակ, որոշները 100, բայց միայն մեկ վերջնական նկար։

Այս գրքում նկարված ամեն նկար ունի իր կարճ բացատրությունը նկարի տակ, որպեսզի հեշտ լինի հետևել պատմությանը։ Ի հավելումն՝ նկարի ներքևում տպագրված QR կոդերը կարող են ընթերցվել սմարթֆոնների և թաբլեթների օգնությամբ, որն էլ կհեշտացնի այս բարդ պատմության ընկալումը։ QR դեղին կոդերը Ձեզ թույլ կտան կարդալ տեքստի որոշակի մասը մեր՝ Դժոխքի անվճար առցանց էլեկտրոնային գրքում։ Իսկ մոխրագույն QR թույլ կտա գնել այդ նկարը ցանկացած չափով։

Ես շատ եմ աշխատել, որպեսզի այս հիանալի և միևնույն ժամանակ բավականին բարդ պատմությունը հասկանալի դարձնեմ Ձեզ համար։ Այս առաջադրանքը ի կատար ածելու համար ես 360 աստիճան տեսարաններ եմ ներկայացրել։ Հիմա Դուք հնարավորություն ունեք լինել դատավոր և ասել թե արդյոք ես հասել եմ իմ նպատակին։

Դանթե Ալիգիերին գրել է Աստվածային Կատակերգությունը գրական գլուխգործոցը, որպեսզի մենք հասկանանք մեր կյանքը՝ ներկան, անցյալն ու ապագան։ Ահա և ավարտվեց այս երկար, բայց ուսուցանող փորձը. հուսով եմ, որ Դանթեի խոսքը այս նկարների միջոցով կհասնի Ձեզ, որպեսզի Դուք կարողանաք գտնել Ձեր կյանքի ուղին։

Աստված օրհնի ձեզ։

Dino Di Durante

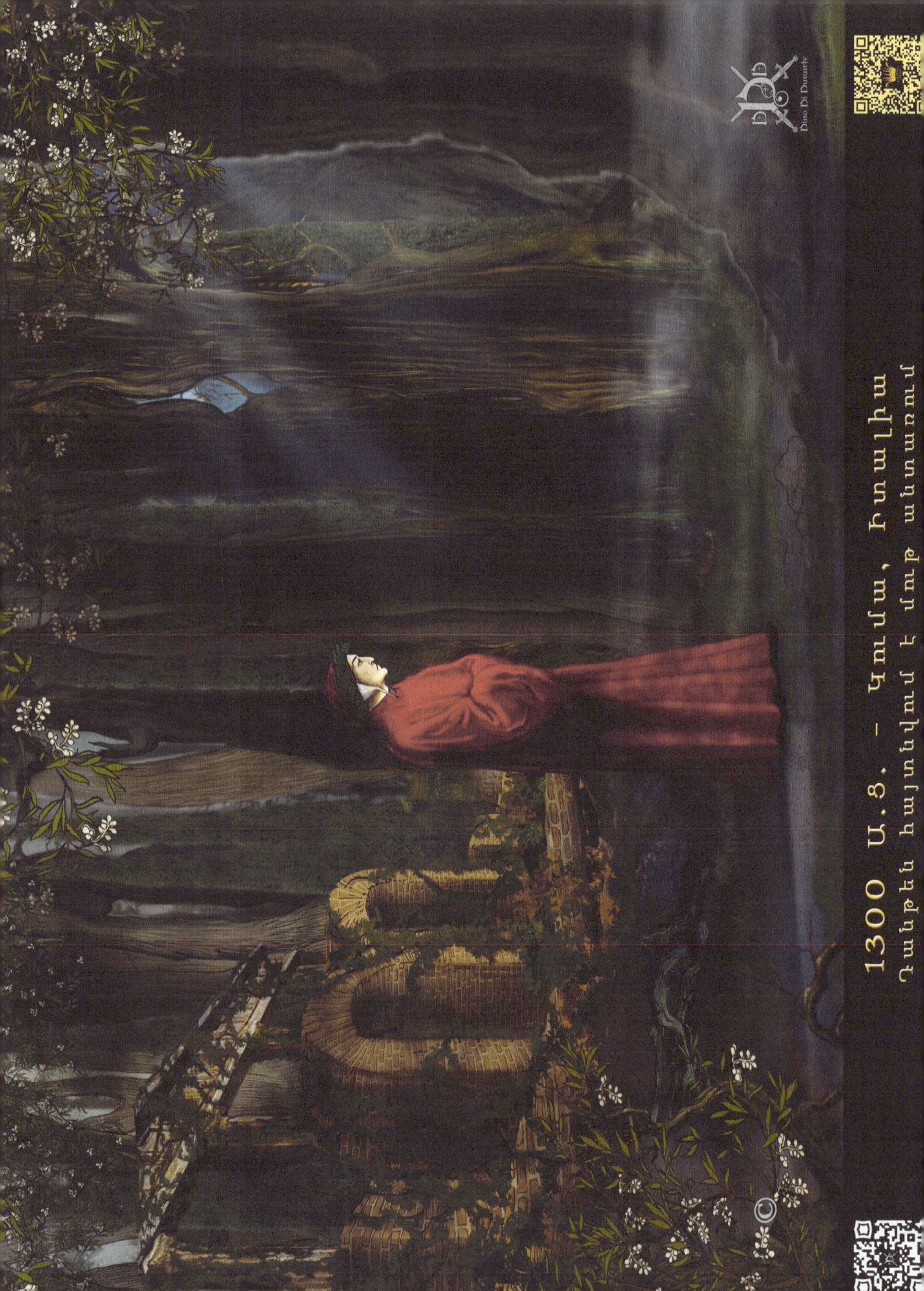

1300 Ա.Ց. - Կումա, Իտալիա

Դանթեն հայտնվում է մութ անտառում

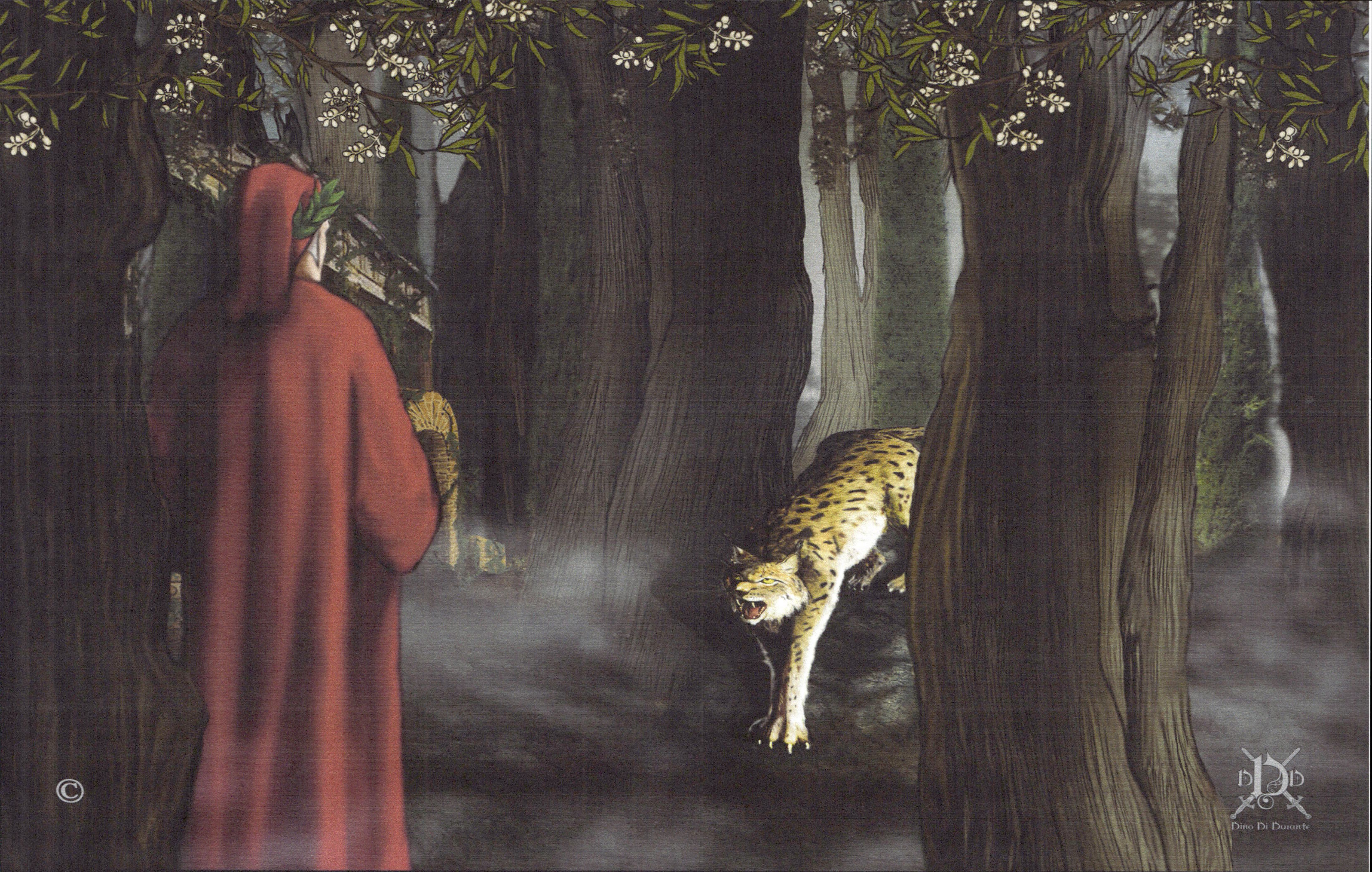

Առաջին վայրի կենդանին

Դանթեի ճանապարհը փակել է հովազը

Երկրորդ վայրի կենդանին

Դանթեի ճանապարհին կանգնած է առյուծը

Երրորդ վայրի կենդանին

Դանթեի ճանապարհին կանգնած է էգ գայլը

Dino Di Durante

Վիրգիլիոս Հայտնվում է Վիրգիլիոսը

Վիրգիլիոսը Հայտնվում է Դանթեին կացապատում է Ղեկավար քաղցած եկ զացանց

Դանթեն և Վիրգիլիոսը գրկախառնվում են

Դանթեն զարմացած է իր հերոսի հայտնությամբ

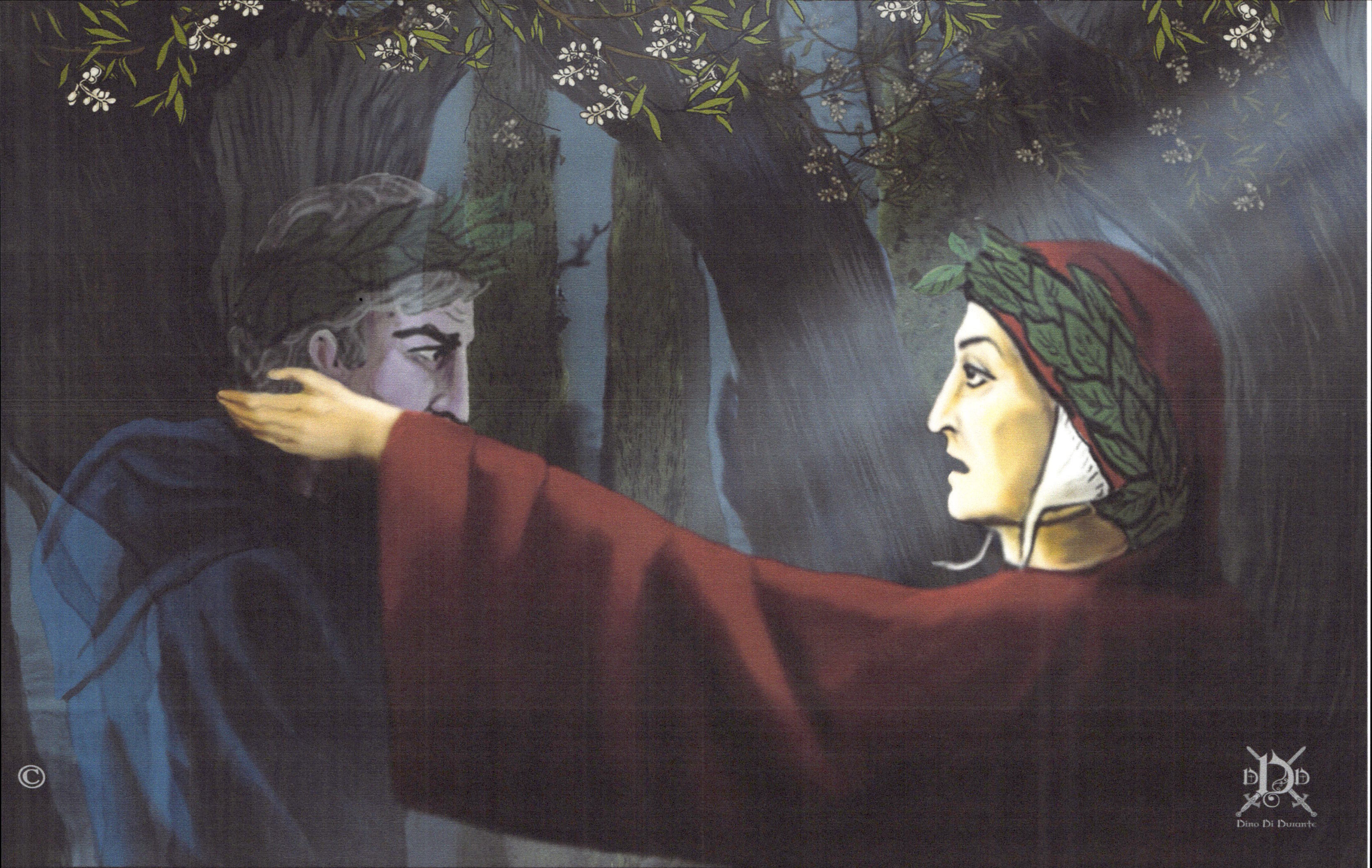

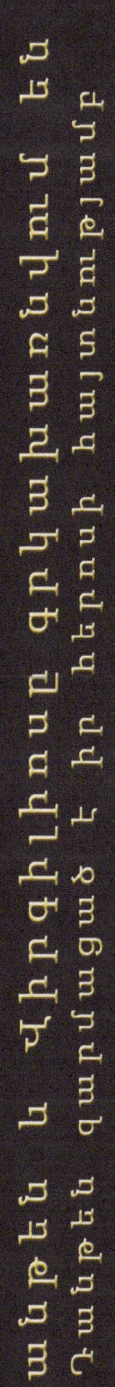

Բեատրիչեն իջնում է դրախտից քավարան
Վիրգիլիոսը ապշահար նայում է

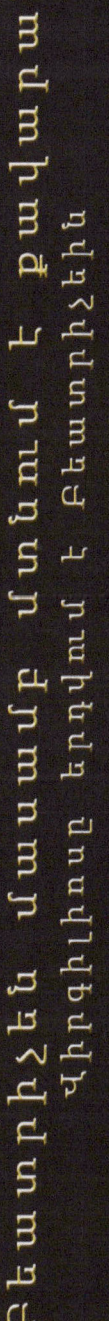

Բեատրիչեն մասամբ մտնում է քավարան

Վիրգիլիոսը երդվում է Բեատրիչեին

Վիրգիլիոսի առաքելությունը

Բեատրիչեն խնդրում է Վիրգիլիոսին ուղղորդել Դանթեին դժոխքի և քավարանի միջով

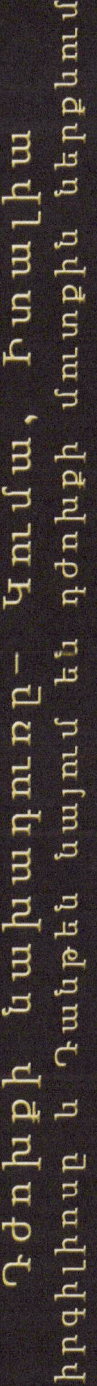

Դժոխքի նախադուռը- Կումա, Իտալիա
Վիրգիլիոսը և Դանթեն նայում են դժոխքի մուտքին ներքևում

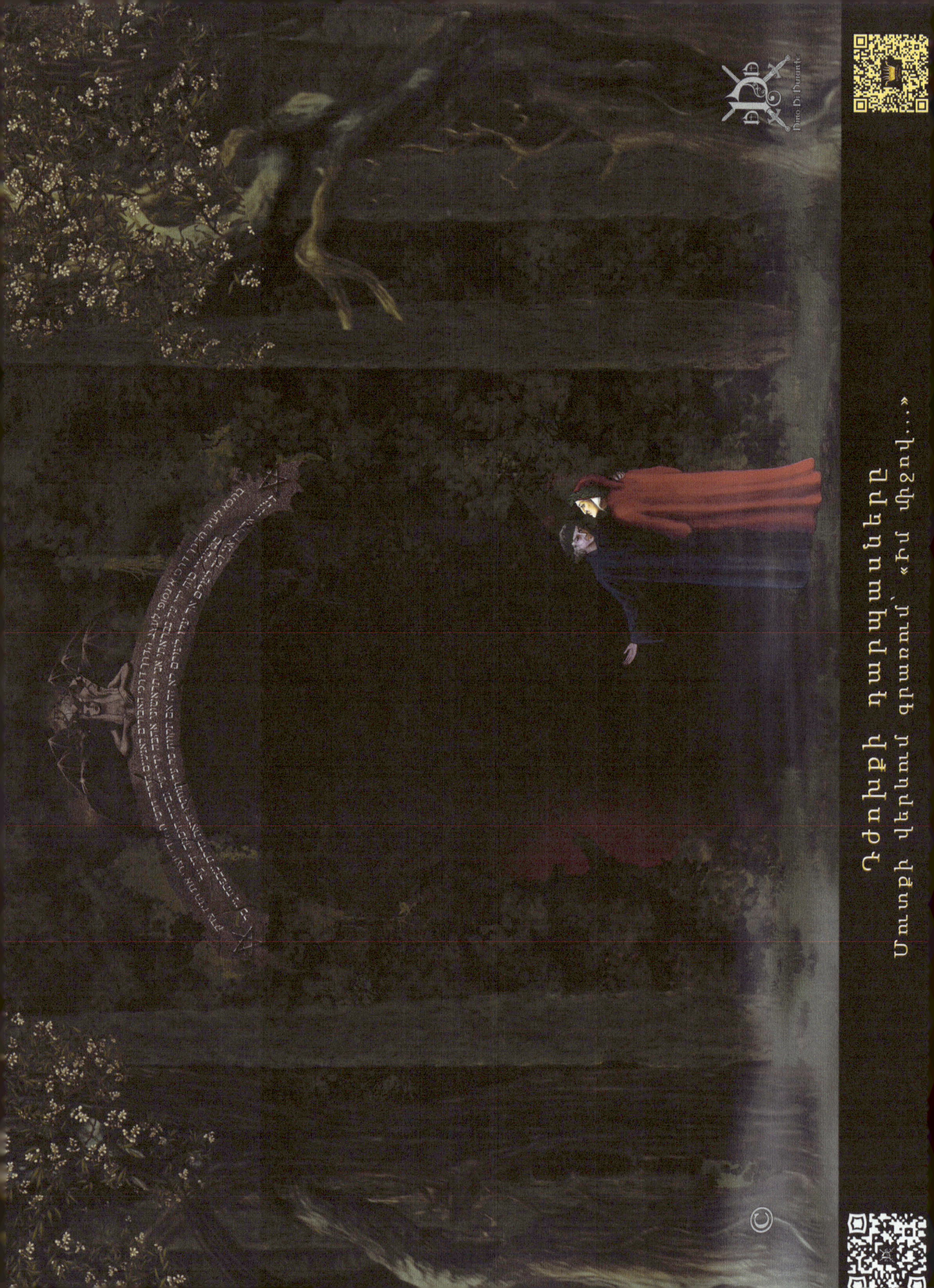

Դժոխքի դարպասները

Մուտքի վերևում գրառում՝ «Իմ միջով...»

Քարանձավ դեպի դժոխք
ժիրայր Վիհիկյան

Հեղինակ և Վիհիկյան թարգմ եւ ռալաց դժոխ եգ ցավն ջանն ոտըփ

Հեղինակ և դեպ

Դժոխքի համայնապատկերը

Դանթեն և Վիրգիլիոսը մտնում են դժոխք և տեսնում տանջանքների 9 շրջանները

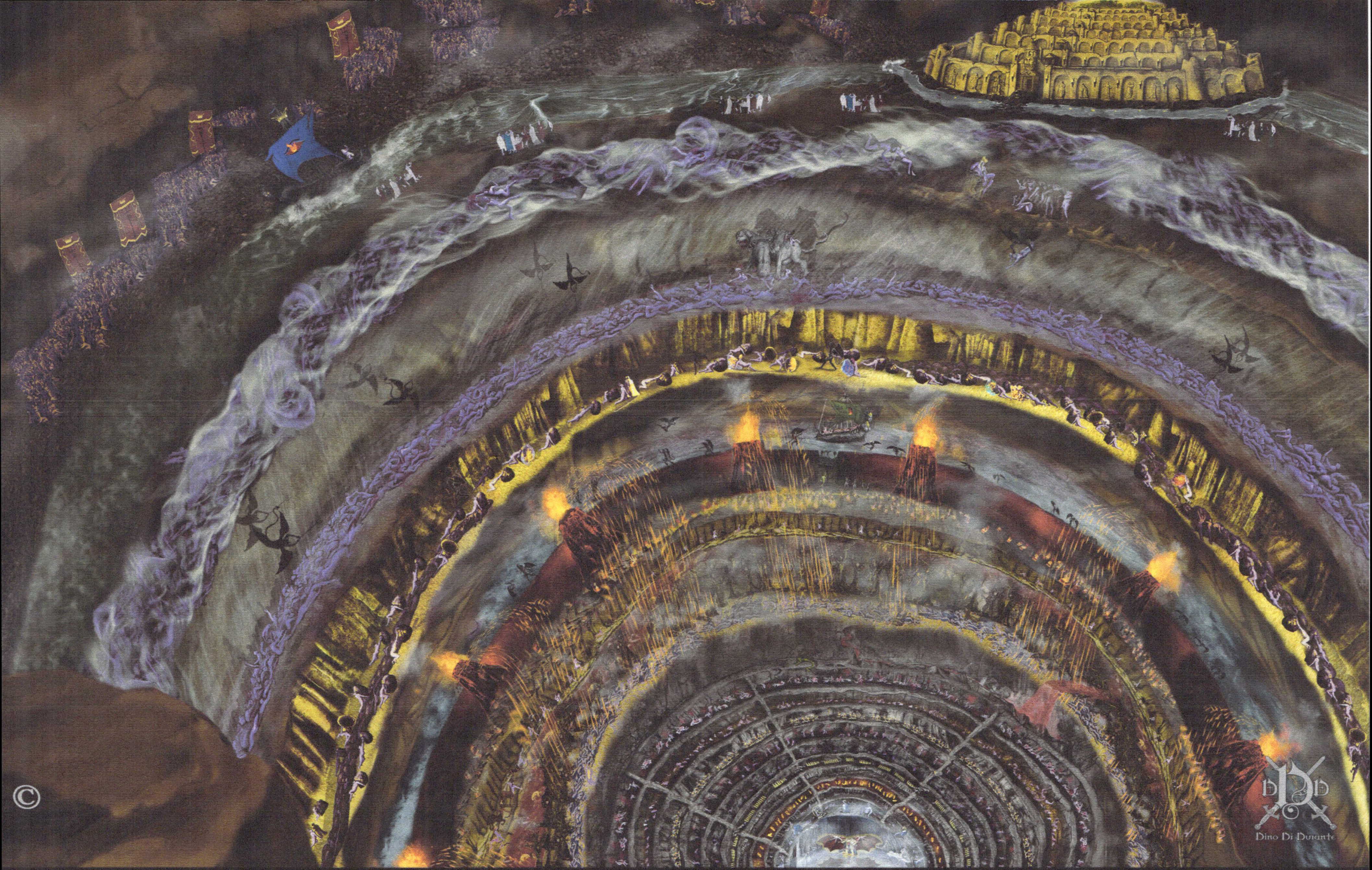

Դժոխքի գծանկար
9 շրջաններն ու դրանց ստորաբաժանումները

Ծուլությունը և ժամանող մեղսագործները

Սպասում են, որպեսզի իրենց փոխադրեն Աչերոն գետի մյուս ափը

Չարոն- վառվող աչքերով դեմոնը

Չարոնը գալիս է, որպեսզի մեղսագործներին մյուս ափ տանի

Չարոնը դիմակայում է պոետներին
Դանթեն վախեցած է և թաքնվում է Վիրգիլիոսի հետևում

Դանթեն ուշագնաց է լինում

Չարոնը ծեծում է մեղսագործներին և Դանթեն չի կարողանում տեսնել նրանց տառապանքները

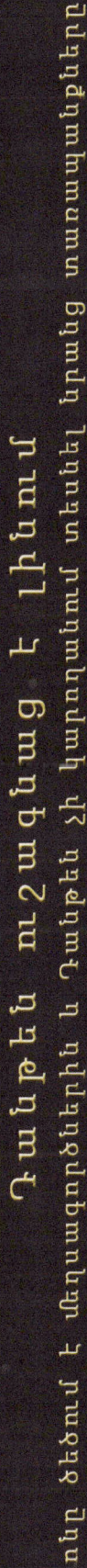

Դանթեն վայր է ընկնում
Նա շրջապատված է մեղսագործներով, նրան օգնում է Վիրգիլիոսը

Աչերոն գետի վրայով

Չարոնը տեղափոխում է մեղսագործներին Դանթեի և Վիրգիլիոսի հետ

Dino Di Durante

1-ին շրջան՝ քավարան

Դանթեն և Վիրգիլիոսը հասնում են յոթ պատ ունեցող ամրոցի

Մեծ պահակախումբ

Դանթեն և Վիրգիլիոսը մտնում են ամրոց Հոմերոսի և այլոց հետ

Յոթ պատի միջով
Դանթեն և Վիրգիլիոսը հասնում են ամրոցի կենտրոնին

Մեծերի հոգիները քավարանում

Դանթեն և Վիրգիլիոսը հանդիպում են Սոկրատեսին, Հուլիոս Կեսարին, Արիստոտելին...

Նվաճողը

Մեծ հրամանատարը, ով ներում է շնորհել պարտված խաչակիրներին

Մինոս՝ դժոխքի դատավորը

Ժամանող մեղսավորները դատվում և ուղարկվում են համապատասխան շրջանները

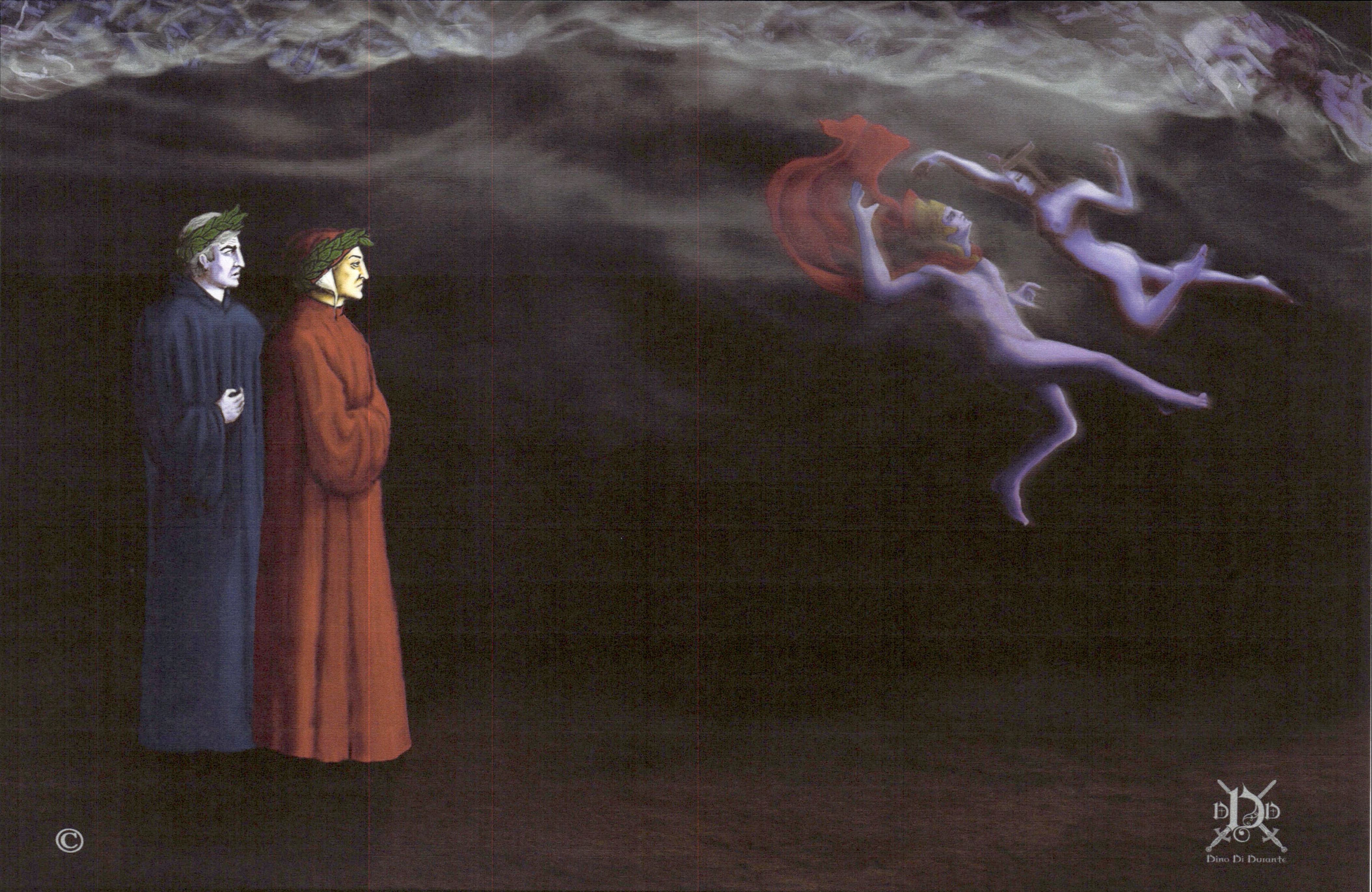

2-րդ շրջան՝ Ցանկասիրություն
Կլեոպատրա և Մարկոս Անտոնիոս

2-րդ շրջան՝ Ցանկասիրություն

Դանթեն ուշագնաց է լինում Պաոլոյի և Ֆրանչեսկայի դիմաց

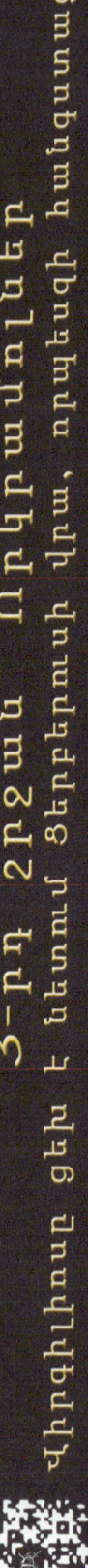

3-րդ շրջան՝ Որկրամոլներ

Վիրգիլիոսը ցեխ է նետում Ցերբերոսի վրա, որպեսզի հանգստացնի նրան

4-րդ շրջան՝ Պահապանը

Պլուտուսը ցասումով բացականչում է «Pape Satan, Pape Satan Aleppe!»

–րդ շրջան՝ Ագահներ և Մսխողներ

Մեղավորները բախվում են միմյանց ու շրջվում

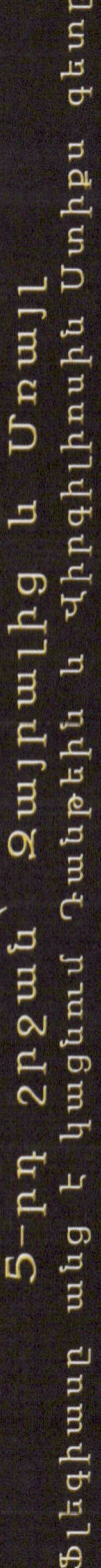

5-րդ շրջան՝ Զայրալից և Մռայլ

Ֆլեգիասը անց է կացնում Դանթեին և Վիրգիլիոսին Ստիքս գետը

Երեք ցասում է հայտնվում Դիսի պատի վերևում

Նրանք սպառնում են, որ կկանչեն Մեդուսային և Վիրգիլիոսը փակում է Դանթեի աչքերը

Դեմոնները արգելապատկում են Շիս քաղաքի մասուր

Վիրգիլիոս պատմում է, որ Ճանելս Աստծո կողմից ուղարկված առաքելության ևս

Հայտնվում է Աստծո ավետաբերը
Նա անցնում է Ստիքս գետը ու շարժվում դեպի Դիսի մուտքը

Հրեշտակները հեռացնում են բոլոր դեմոններին և բացում Դիսի դռները
Դանթեն խոնարհվում է, և երկու պոետները մտնում են ստորին դժոխք

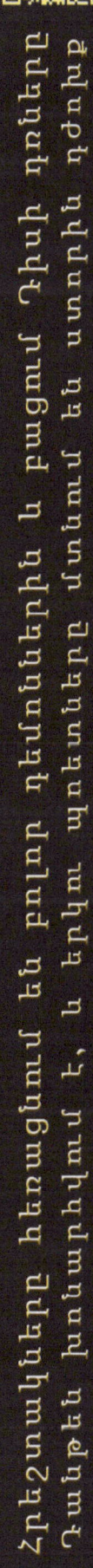

Մեդուսան և նրա վերջին զոհերը

Պոլիդեկտեսի և այլ մեծահարուստների քարացած մարմինները

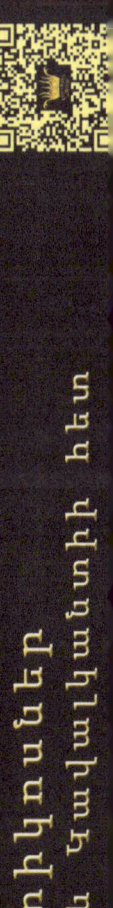

Dino Di Durante

6-րդ շրջան՝ Հերետիկոսներ

Դանթեն խոսում է Ֆարինատայի և Կավալկանտիի հետ

7-րդ շրջան՝ Բռնիների պահապանը

Մինոտավրոսը սպառնում է Դանթեին սողանքով իջնելու ժամանակ

7-րդ շրջան՝ Սողանք

Դանթեն և Վիրգիլիոսը իջնում են□ նրանց դիմավորում են Չիրոնը և Նեսուսը

7-րդ շրջան, 1-ին օղակ՝ Մարդասպանները եռացող արյան մեջ
Վիրգիլիոսը սավառնում է: Նեսոսը Դանթեին անց է կացնում Ֆլեգեթոն գետը

7-րդ շրջան, 2-րդ օղակ՝ Ինքնասպաններ և մսխողներ

Դանթեն կոտրում է ճյուղը և Պիեր դելե Վիգնեն արնահոսում է

3-րդ օղակ՝ Բռնիները կրակե անձրևի տակ

Հայհոյողներ, Անառակներ, Վաշխառուներ

Անդունդ

Վիրգիլիոսը ազդանշան է տալիս Գերյոնին՝ նետելով Դանթեի պարանը

Dino Di Durante

Գերյոնը ժամանում է

Դանթեն և Վիրգիլիոսը գնում են Գերյոնի հետևից դեպի Մալեբոլգ

Գերյոնի տարածքները

Դանթեն և Վիրգիլիոսը իջնում են Մալեբոլգ

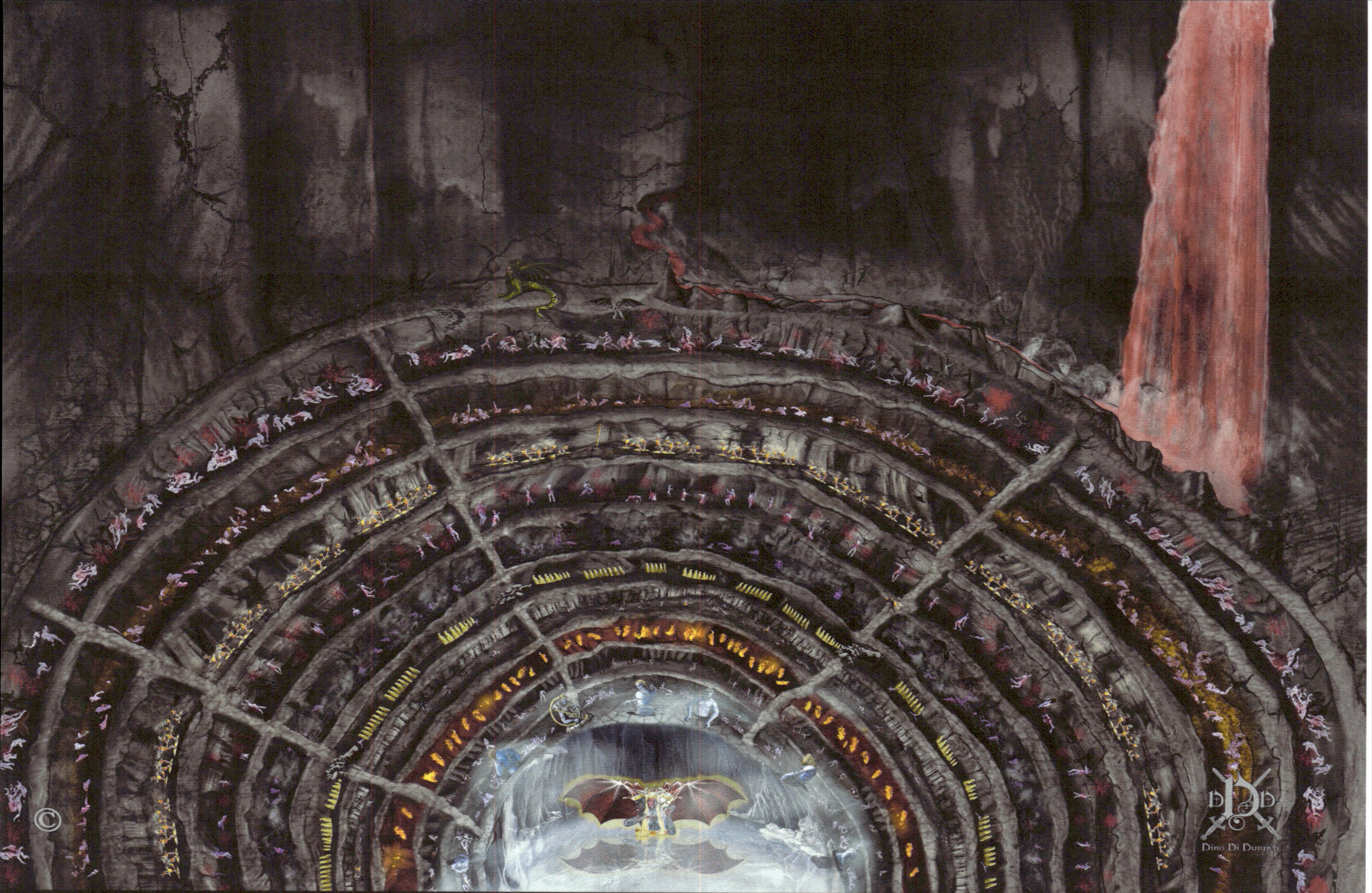

8-րդ շրջան՝ Մակերպը, և 9-րդ շրջանը՝ եղրկում

8-րդ շրջան՝ Մալեբոլգ, Խաբեբաները - Անդունդ 1
Կավատներին և խաբեբաներին մտրակում են դևոնները

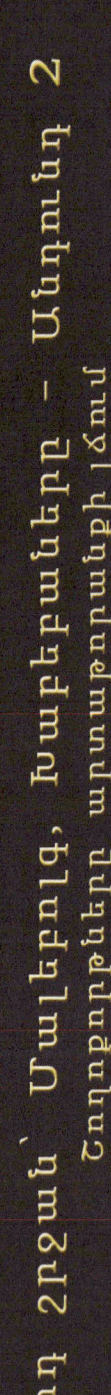

8-րդ շրջան՝ Մալեբոլգ, Խաբեբաները - Անդունդ 2
Շողոքորթները արտաթորանքի լճում

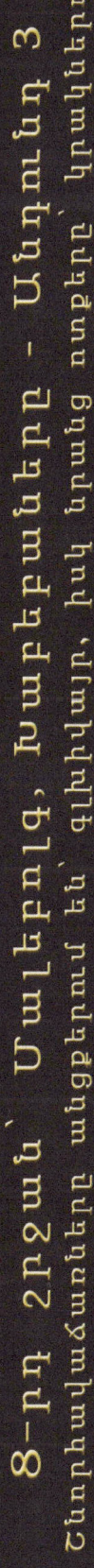

8-րդ շրջան՝ Մալեբոլգ, Խաբեբաները - Անդունդ 3
Շնորհավաճառները անցքերում են՝ գլխիվայր, իսկ նրանց ոտքերը՝ կրակներում

8-րդ շրջան՝ Մալեբոլգ, Խաբեբաները - Անդունդ 4
Մոգերը, Աստղաբաններ և Սուտ Մարգարեներ

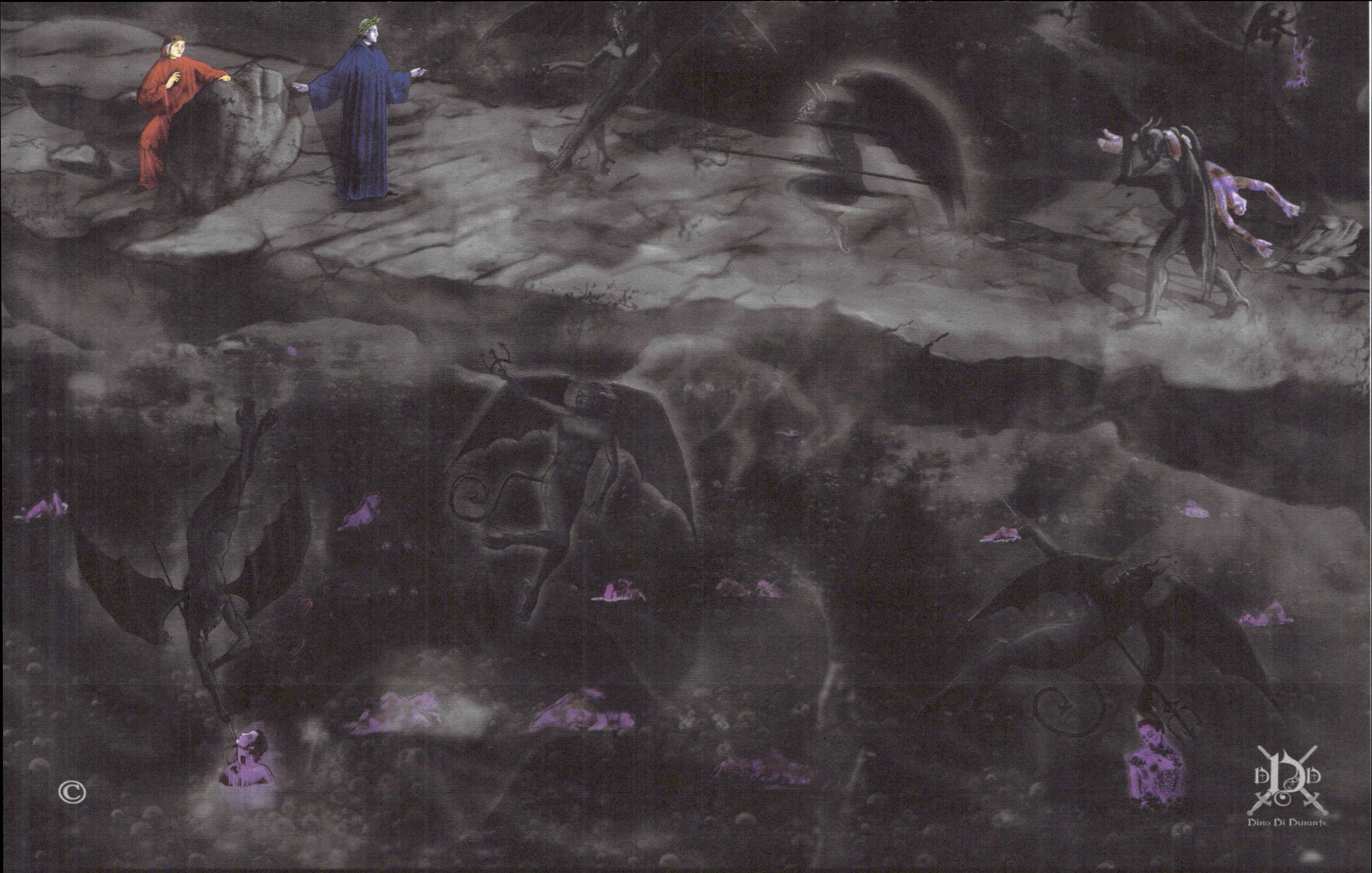

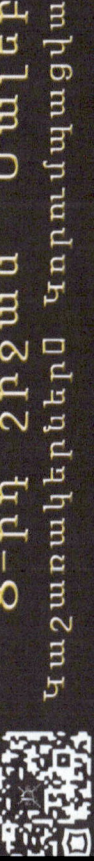

8-րդ շրջան՝ Մալեբոլգ, Խաբեբաները, - Անդունդ 5

Կաշառակերները Կոռումպացված քաղաքական գործիչներ վառվող խեժի լճում

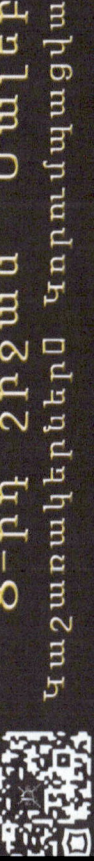

Dino Di Durante

8-րդ շրջան՝ Մալեբոլգ, Խարդախները - Անդունդ 6

Կեղծավորներ, ոմանց հագցնում են մետաղե անձրևանոցներ, ոմանց՝ խաչում

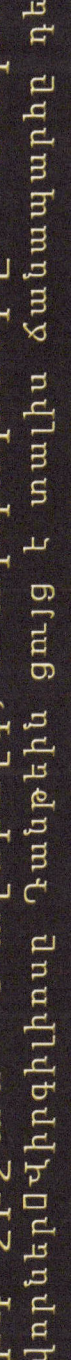

8-րդ շրջան՝ Մալեբուլգ, Խարդախները - Անդունդ 6
Կեղծավորները□Վիրգիլիոսը Դանթեին ցույց է տալիս ճանապարհը դեպի դուրս

8-րդ շրջան՝ Մալեբոլգ, Խարդախները - Անդունդ 7

Գողերն անընդհատ վերածվում են սողունների, ապա նորից մարդկանց և այդպես շարունակ

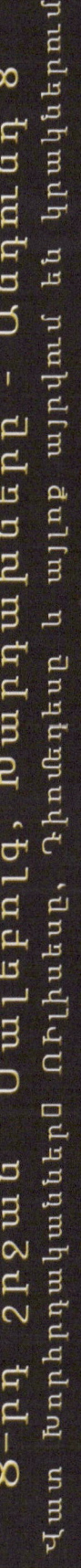

8-րդ շրջան՝ Մալեբոլգ, Խարդախները - Անդունդ 8

Վատ Խորհրդականներ□ ՈՒլիսեսը, Դիոմեդեսը և այլոք այրվում են կրակներում

8-րդ շրջան՝ Մալեբոլգ, Խարդախները - Անդունդ 9
Պառակտություն սերմանողներին թրերով կտրատում են Դեմոնները

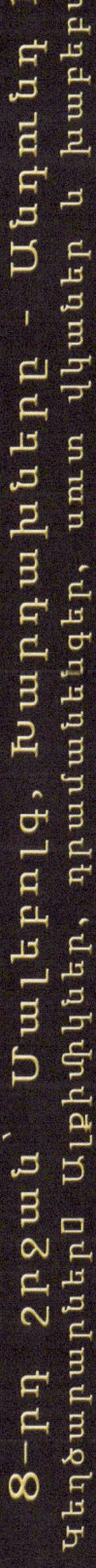

8-րդ շրջան՝ Մալեբոլգ, Խարդախները - Անդունդ 10
Կեղծարարներ□ Ալքիմիկներ, դրամանենգեր, սուտ վկաներ և խաբեբաներ

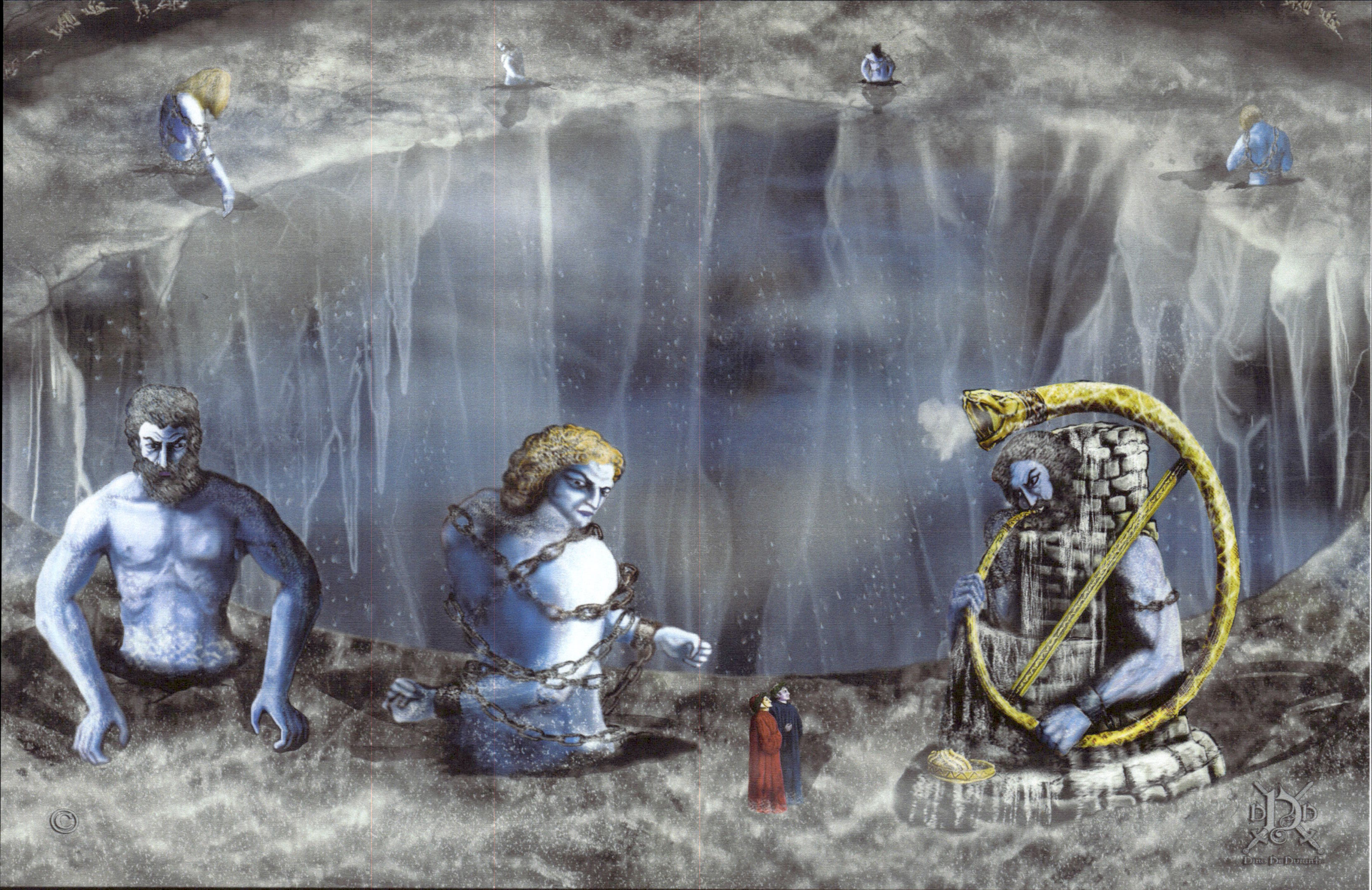

9-րդ շրջանի պահապաններ

Հսկաներ՝ Եփիալտես, Անտաեոս և Նիմրոդ

9-րդ շրջան՝ Դավաճաններ

Կոմս Ուգոլինոն կրծում է Արքեպիսկոպոս Ռուգիերիի գլուխը

9-րդ շրջան՝ Դավաճաններ

Լուցիֆերը՝ մինչև իրանը թաղված սառույցի մեջ, ուտում է երեք մեղսագործների

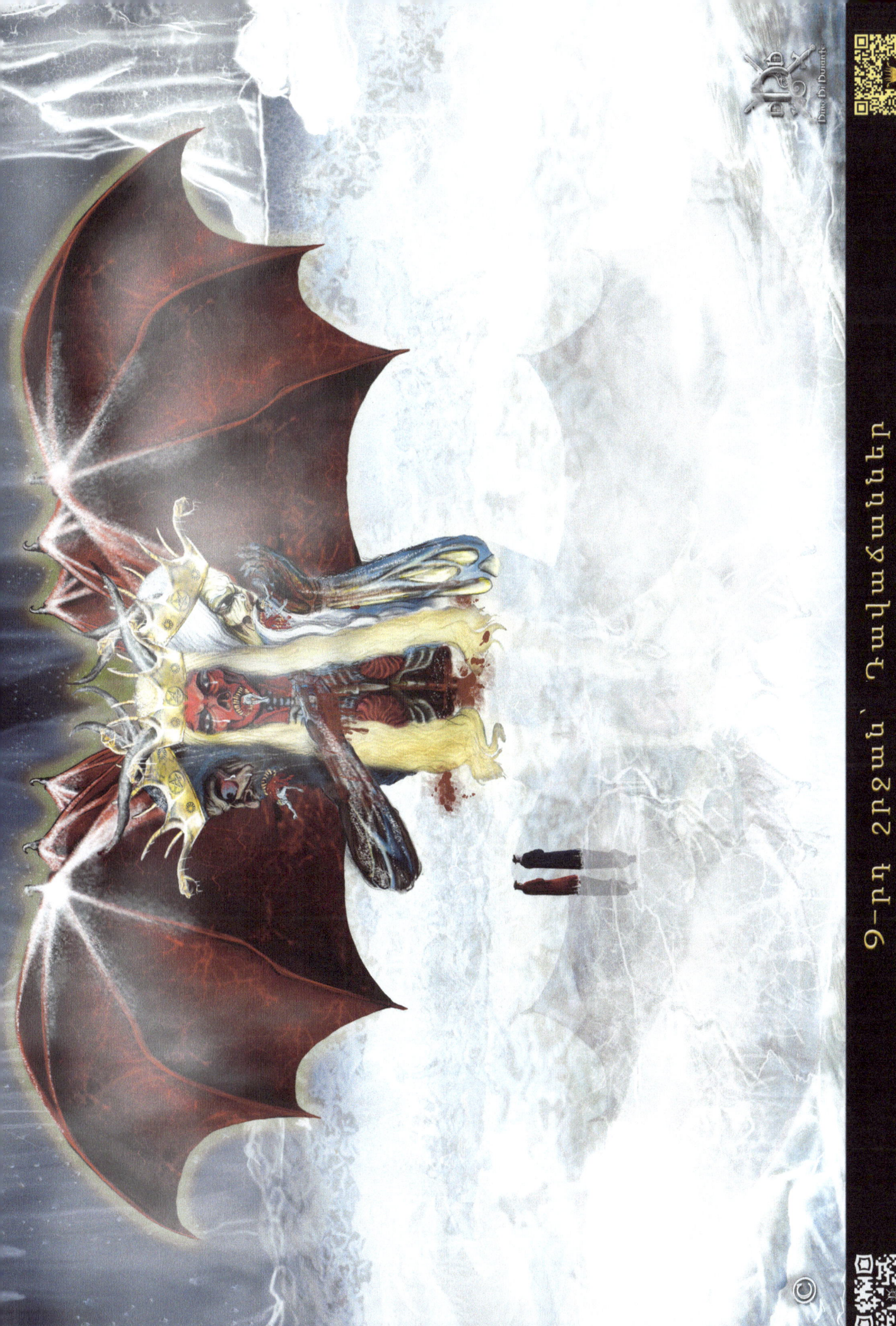

9-րդ շրջան՝ Դավաճաններ

Կաշվից զուրկ Լուցիֆերը ուտում է Հուդային, Բրուտոսին և Կասիուսին

Մեծ փախուստ

Վիրգիլիոսը Դանթեին իր մեջքի վրա վեր ու վար է տանում Լուցիֆերի մարմնի վրայով

Դժոխքից դուրս Լուցիֆերի մարմնի վրա

Դանթեն և Վիրգիլիոսը դուրս են գալիս Հարավային Կիսագունդ

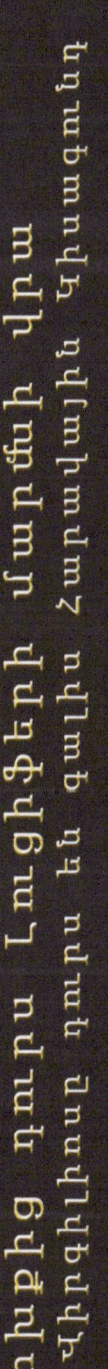

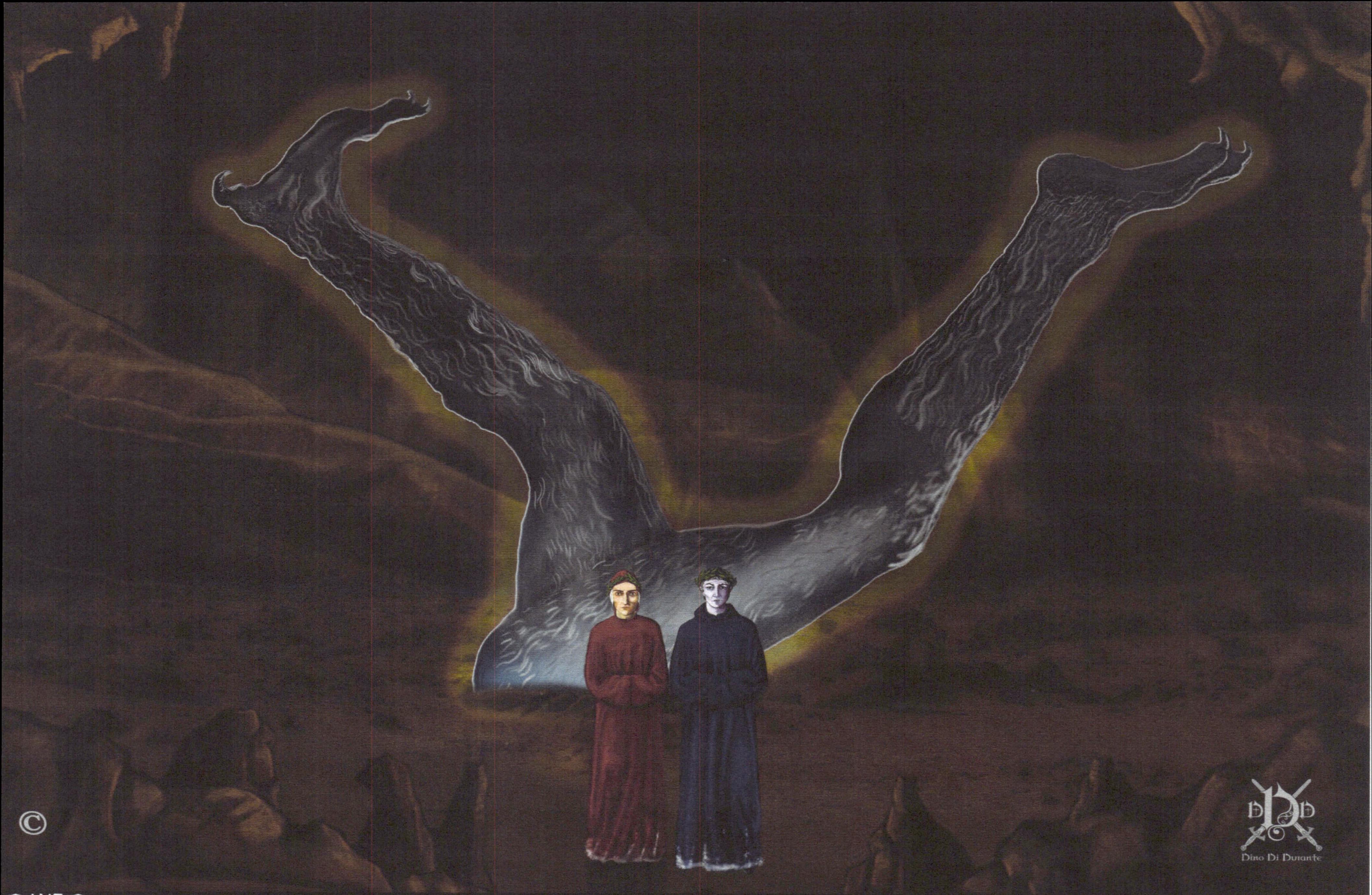

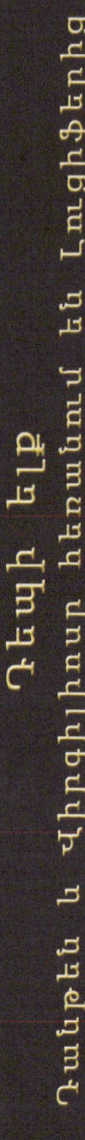

Դեպի ելք
Դանթեն և Վիրգիլիոսը հեռանում են Լուցիֆերից

Ավելի են մոտենում ելքին

Դանթեն և Վիրգիլիոսը դուրս են գալիս արտաքին աշխարհ

Լույսի առկայծում

Պոետները նայում են ներս թափանցող լույսին

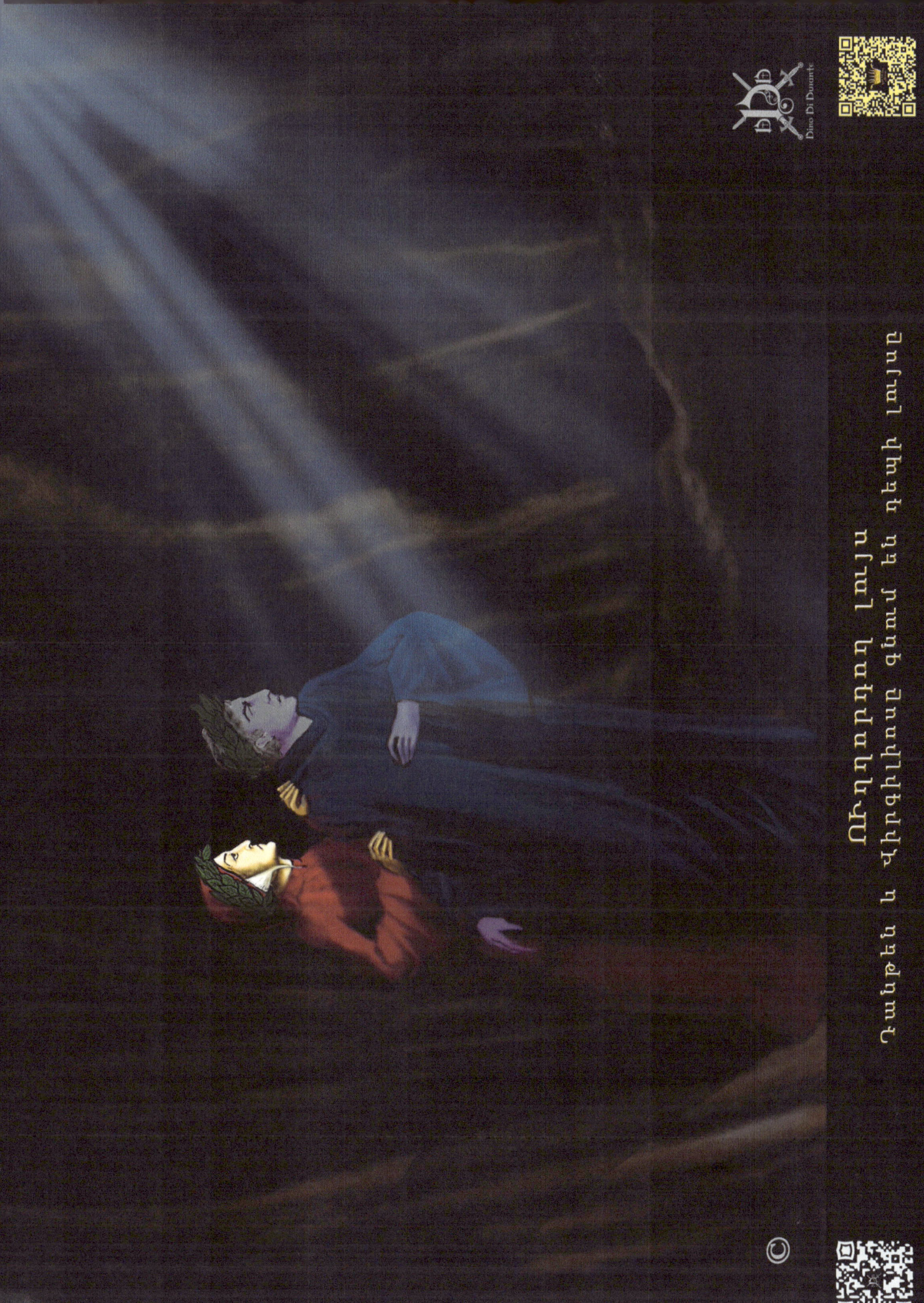

Ուղղորդող լույս
Դանթեն և Վիրգիլիոսը գնում են դեպի լույսը

Աստղեր
Դանթեն և Վիրգիլիոսը դուրս են՝ գալիս հետևելով աստղերի լույսին

Ելք դեպի քավարան

Պոետները տեսնում են Վեներայի և աստղերի արտացոլանքը ծովի վրա

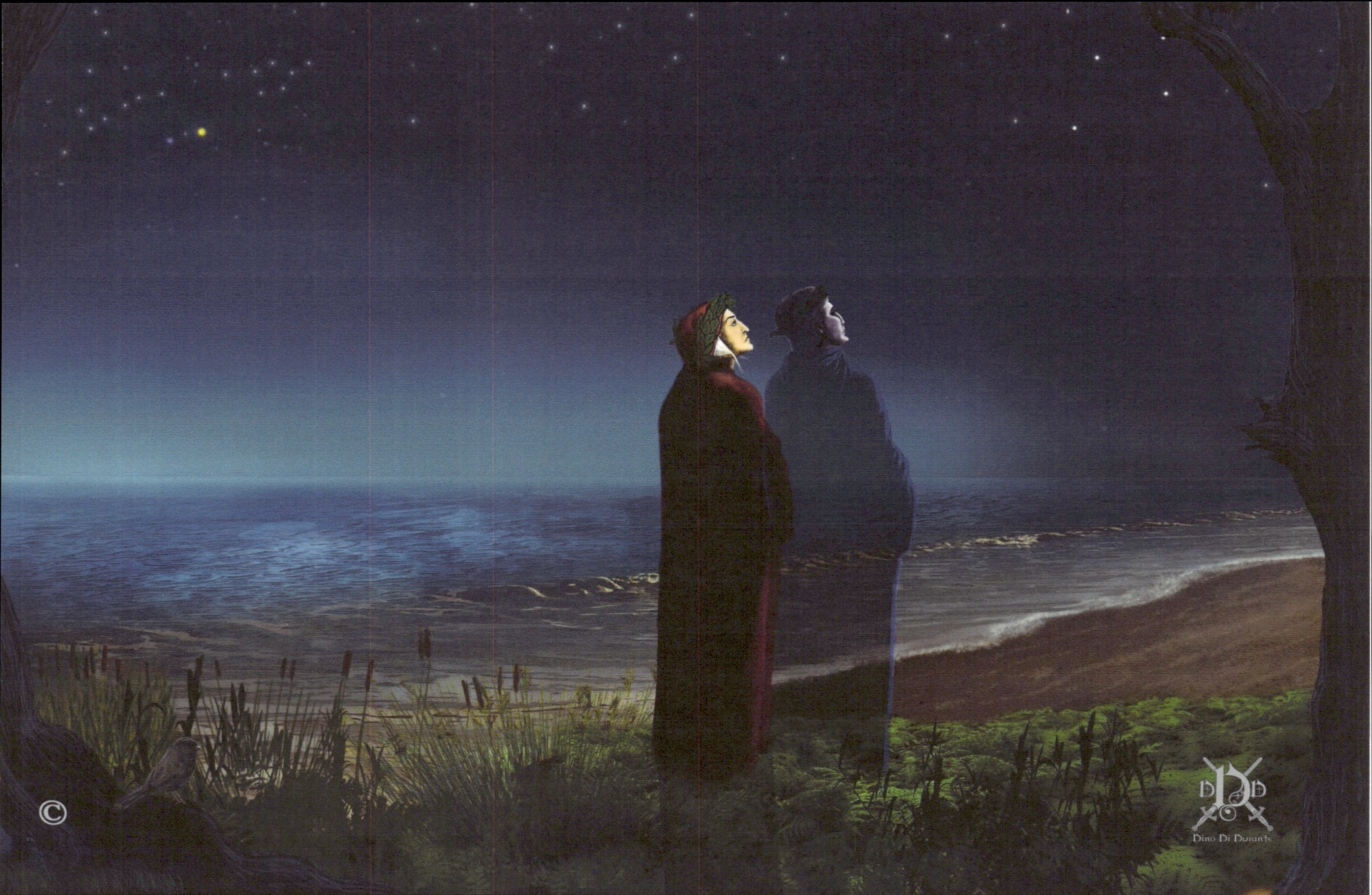

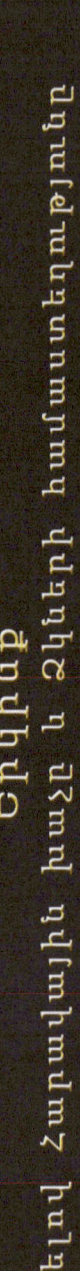

Երկինք

Դիտելով Հարավային խաչը և Ձկների համաստեղությունը

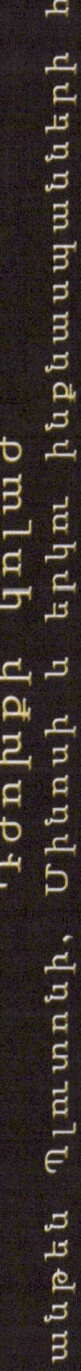

Դժոխքի կոլաժ

Դանթեն Պլուտոնի, Մինոսի և երկու ինքնասպանների հետ

Armand Mastroianni
Presents
Dante's Hell Animated
A Film Produced and Directed by Boris Acosta
Artwork by Dino Di Durante
Eric Roberts
Nia Peeples
Vincent Spano
Jeff Conaway
Hélène Cardona
Al Sapienza
Shirly Brener
Rico Simonini
Vanna Bonta
Adrian Paul
www.DantesHellAnimated.com

Armand Mastroianni
presenta

Inferno Dantesco Animato
Regia di Boris Acosta

Vittorio **Gassman**   Franco **Nero**   Vittorio **Matteucci**   Silvia **Colloca**   Marco **Bonini**   Cosimo **Fusco**

Veronica **De Laurentiis**   Susanna **Cappellaro**   Arnoldo **Foa**   Simona **Caparrini**   Mario **Opinato**

Sceneggiatore - Dante Alighieri
Adattamento - Dino Di Durante
Produttore - Boris Acosta
Musica - Aldo De Tata e Maria Eolani
www.InfernoDantescoAnimato.com

www.ingramcontent.com/pod-product-compliance
Lightning Source LLC
Chambersburg PA
CBHW040827050726
47507CB00021B/148